Cofiwch wisgo barclod, golchi'ch dwylo, gwisgo menig popty, a gwneud yn siŵr fod popeth gennych cyn cychwyn.

Cofiwch gymryd gofal gyda dŵr berw a saim, popty poeth, cyllyll miniog, ac offer trydan. Rhowch y popty i gynhesu i'r gwres cywir cyn cychwyn.

Gofynnwch am help i gario sosban, ac i droi ei chynnwys, a pheidiwch â chyffwrdd ag offer trydan gyda dwylo gwlyb.

Ond yn bwysicach na dim, cofiwch fwyta'r bwyd i gyd – a mwynhau!

CYNNWYS

Brwyn

Cynhwysion:
100g (4 owns) blawd codi
75g (3 owns) caws
50g (2 owns) menyn (yn syth o'r
oergell)
1 wy
llwyaid neu ddwy o flawd plaen

Offer:
hidlwr, powlen fawr, gratiwr, plât, powlen fach, fforc, rholbren, tun
pobi fflat wedi ei iro

Amser paratoi: 20 munud

Amser coginio: 10 munud

Dull

1. Gratiwch y caws ar blât.
2. Hidlwch y blawd i'r bowlen fawr.
3. Torrwch y menyn yn giwbiau a'u
   hychwanegu at y blawd. Gyda'ch
   dwylo rhwbiwch y menyn i'r blawd nes
   bod y cyfan mor fân â briwsion.

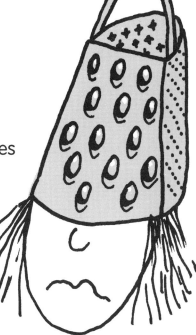

4

Caws

4. Ychwanegwch y caws wedi'i ratio.
5. Curwch yr wy yn y bowlen fach a'i ychwanegu'n raddol at y cymysgedd.
6. Cymysgwch y cyfan gyda llwy nes ei fod fel toes. Os yw'r cymysgedd yn wlyb, ychwanegwch ychydig o flawd.

7. Defnyddiwch eich dwylo i ffurfio'r toes yn bêl.
8. Hidlwch ychydig o flawd plaen ar fwrdd addas. Yna rholiwch y toes nes ei fod tua 5mm o drwch.
9. Torrwch y toes yn stribedi hir tenau a'u rhoi ar y tun pobi fflat.

10. Rhowch y brwyn caws yn y popty a'u coginio am ryw 10 munud nes eu bod o liw euraid.
11. Gadewch i'r brwyn oeri ar y tun cyn eu bwyta!

5

Haul Lliwgar

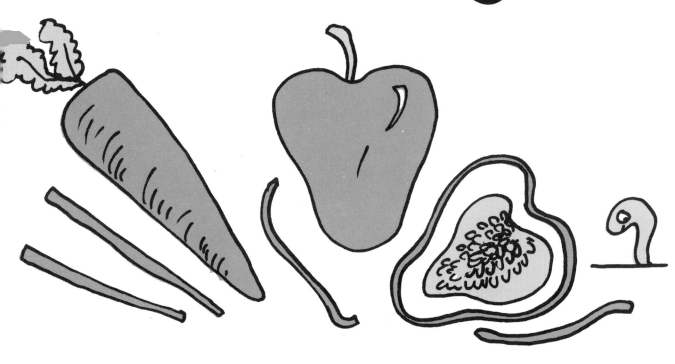

Cynhwysion:
Llysiau amrwd
e.e.   moron
       pupur melyn
       pupur gwyrdd
       pupur coch

naill ai:
      1 paced o gaws meddal gwyn
      3 llond llwy fwrdd o sôs coch
neu:
      1 wy wedi ei ferwi'n galed
      2 lond llwy fwrdd o 'mae-o'n-neis'

Offer:
cyllell finiog
powlen
llwy
fforc
plât

Dull

1. Torrwch y llysiau yn stribedi hir.

I wneud canol pinc i'r haul:

2. Rhowch y caws meddal gwyn a'r sôs coch mewn powlen a'u cymysgu'n dda.
3. Rhowch ar blât a gosod y stribedi o lysiau o'i gwmpas fel pelydrau.

I wneud canol melyn i'r haul:

2. Cymysgwch yr wy wedi ei ferwi'n galed a'r 'mae-o'n-neis' hefo'i gilydd â fforc.
3. Rhowch ar blât a gosod y stribedi o lysiau o'i gwmpas fel pelydrau.

7

Cychod y Dewin Dwl

Offer:
cyllell finiog
bwrdd torri
ffyn coctel
plât

Cynhwysion:
1 ellygen
2 ffon goctel
2 dafell denau o giwcymber

Dull

1. Torrwch yr ellygen yn ei hanner i wneud siâp cwch.
2. Rhowch ffon goctel i sefyll yng nghanol un hanner i wneud hwylbren.
3. Gwthiwch dop y ffon goctel i waelod un dafell o giwcymber. Plygwch y dafell 'nôl yn ofalus a gwthio'r ffon i mewn i'w thop – a dyna'r hwyl yn ei lle!
4. Gwnewch hyn ag ail hanner yr ellygen hefyd – a dyna i chi ddau gwch i'r Dewin Dwl!

Beth am gael cychod o bob siâp a blas – cychod afalau, orenau neu eirin gwlanog?

Hufen Miaw

Ar ddyddiau arbennig, caiff Mursen hufen iâ. Beth am i chi roi cynnig arni?

Offer:
powlen fawr
chwisg
bocs plastig – gwnaiff hen focs hufen iâ y tro yn iawn
rhewgell

Cynhwysion:
200ml (8 owns hylif) hufen dwbl
250g (10 owns) mafon wedi stwnsho
50g (2 owns) siwgwr mân
stribedi o 'flake' fel wisgars!
ffrwyth fel clustiau

Cofiwch, gallwch ddefnyddio
mefus yn lle mafon!

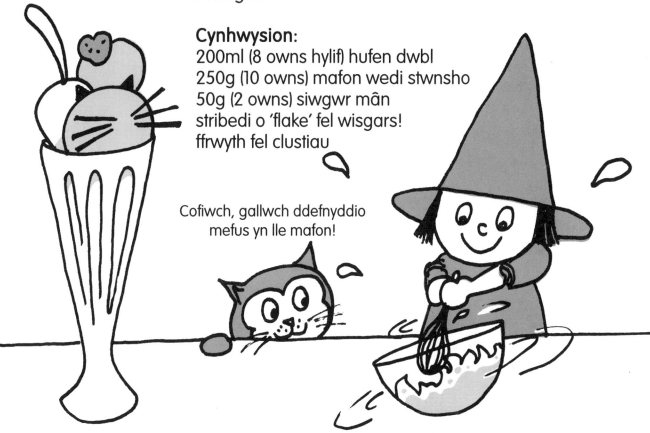

Dull
1. Yn y bowlen fawr chwipiwch yr hufen nes ei fod yn drwchus.
2. Ychwanegwch y siwgwr yn raddol ac yna'r mafon.
3. Rhowch y cymysgedd yn y bocs ac yna yn y rhewgell i rewi dros nos.
4. Mae'n syniad da tynnu'r hufen iâ o'r rhewgell a'i roi yn yr oergell tua ½ awr cyn ei fwyta.

Jeli

Cymerwch ofal gyda chyllell finiog.

Rysáit hawdd iawn, iawn – y cwbl sydd ei angen yw pecyn o jeli, ffrwyth a dŵr!

Gallwch arbrofi gydag afal, mefus, ffrwyth ciwi, mafon, oren …

Cynhwysion:
ffrwyth
pecyn o jeli
dŵr

Offer:
jwg fesur
llwy fetel
cyllell finiog
powlen
oergell

jeli · ffrwyth · dŵr

Torrwch y ffrwyth â chyllell finiog a rhoi'r darnau ar waelod powlen. Yna, paratowch y jeli …

Ffrwythau

Dull

1. Torrwch y jeli yn giwbiau a'u rhoi mewn jwg fesur.

2. Arllwyswch 300ml (hanner peint) o ddŵr berwedig ar ben y jeli ac yna'i droi gyda llwy fetel nes bod yr holl ddarnau wedi toddi.

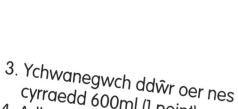

3. Ychwanegwch ddŵr oer nes cyrraedd 600ml (1 peint).

4. Arllwyswch y jeli ar ben y ffrwyth a'i roi yn yr oergell i setio!

Pacio Bas

Dyma'r pethau i'w cofio ar gyfer picnic.

bara

MENYN

plât

Mê

llwyau

cyllyll

diod

jeli

cyfaill

ged Bicnic

basged

Peidiwch ag anghofio'r haul!

cacen

cwpan

brwyn caws

ffrwythau

blanced neu hances

13

Hetiau Sin

Amser paratoi: 15 munud
Amser coginio: 10 munud

Offer:
powlen gymysgu
hidlwr
llwy
tun pobi fflat
cyllell

Cynhwysion (i wneud 12 het):
100g (4 owns) blawd codi
25g (1 owns) siwgwr brown
llond llwy de o soda pobi
llond llwy de o bowdwr sinsir
50g (2 owns) menyn neu fargarîn
2 lond llwy fwrdd o driog melyn

Blawd codi!

BLAWE

Dull

1. Rhowch y popty i gynhesu i 190°C/375°F/Nwy 5.
2. Hidlwch y blawd, y soda pobi a'r powdwr sinsir i bowlen gymysgu fawr.
3. Ychwanegwch y siwgwr.
4. Rhwbiwch y menyn i'r cymysgedd â blaenau'r bysedd.
5. Pan yw'r cymysgedd yn debyg i friwsion bara, ychwanegwch y triog melyn a chymysgu'r cyfan i ffurfio toes.

sir Rwdlan

Gwnewch siâp het Rwdlan o bapur gwrthsaim.

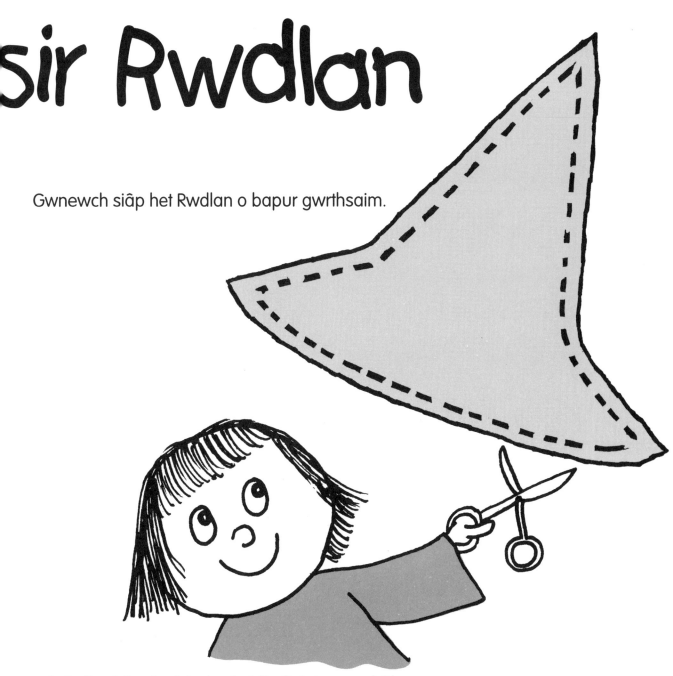

6. Defnyddiwch eich dwylo i ffurfio'r toes yn bêl.
7. Hidlwch ychydig o flawd plaen ar fwrdd addas a rholio'r toes i 5mm o drwch.
8. Gosodwch siâp het Rwdlan ar y toes a thorri o'i amgylch.
9. Gosodwch yr hetiau ar dun pobi fflat. Gadewch fwlch rhwng yr hetiau gan eu bod yn dueddol o ledu tra maen nhw'n coginio.
10. Rhowch yr hetiau yn y popty i goginio am ryw 8-12 munud. Dylent fod o liw euraid ac yn feddal pan fyddwch yn eu tynnu o'r popty. Gadewch nhw ar y tun am ryw 5 munud cyn eu rhoi ar weiren i oeri a chaledu.

Hetiau'r Dewin Dwl

Gan fod Rwdlan wedi cael hetiau, rhaid oedd i'r Dewin Dwl gael rhai!

Cynwysion (i wneud 24 het):
tun o lefrith tew
400g (8 owns) blawd cnau coco

Offer:
2 dun pobi fflat wedi eu hiro
powlen
llwy

Amser paratoi: 20 munud
Amser coginio: 10 munud
Gwres popty: 180°C/350°F/Nwy 4

Dull

1. Cymysgwch y llefrith a'r blawd cnau coco mewn powlen. Os yw'r cymysgedd yn rhy wlyb, ychwanegwch ragor o flawd cnau coco.
2. Efo'ch dwylo gwnewch 24 o beli bach o'r cymysgedd a'u gosod ar y tuniau pobi.
3. Ffurfiwch bob pêl yn siâp côn.
4. Rhowch y tuniau yn y popty a phobi'r hetiau am 10 munud, nes eu bod o liw euraid.

Sbienddrych y Dewin Doeth

Os nad oes gennych amser i goginio cacen, beth am wneud sbienddrych brys i'r Dewin Doeth?

Cynhwysion:
1 rholyn jam mawr
1 rholyn jam llai

Offer:
stribedi o ffoil
plât hirsgwar

Dull
1. Gosodwch y rholyn jam mawr a'r rholyn jam llai i orwedd benben â'i gilydd ar blât hirsgwar.
2. Rhowch stribyn ffoil yr un o gwmpas y rholiau rhyw hanner ffordd i lawr bob un o'r ddau rolyn.

Cofiwch dynnu'r ffoil cyn bwyta'r sbienddrych!

Mae hwn yn sbienddrych gwerth chweil!

Diod ydd o

Ysgytlaeth Banana

Offer:
powlen neu jwg
fforc
llwy
chwisg
gwydrau tal

Cynhwysion:
banana
pelen o hufen iâ plaen
llond llwy bwdin o fêl
250ml (½ peint) llaeth

1. Stwnshwch y banana'n dda hefo fforc mewn powlen neu jwg.
2. Ychwanegwch y mêl, y llaeth a'r hufen iâ a chwisgio'r cyfan yn dda nes ei fod yn llawn swigod.
3. Arllwyswch yr ysgytlaeth i wydr tal. Gallwch ychwanegu pelen arall o hufen iâ neu giwbiau iâ at yr ysgytlaeth.

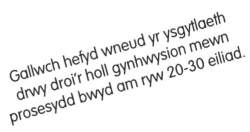

Gallwch hefyd wneud yr ysgytlaeth drwy droi'r holl gynhwysion mewn prosesydd bwyd am ryw 20-30 eiliad.

Bob Math

Diod Bwrlwm

Offer:
gwydr tal

Cynhwysion:
unrhyw fath o ddiod pigo e.e. lemonêd
hufen iâ

Dull
1. Arllwyswch y ddiod pigo i wydr tal nes bod hwnnw'n dri chwarter llawn.
2. Ychwanegwch belen o hufen iâ a'i wylio'n byrlymu!

Diod Pinafal

Offer:
gwydr tal
prosesydd bwyd

Cynhwysion:
1 tun bach o binafal
2 lond llwy fwrdd o iogwrt plaen
ciwbiau iâ

Dull
1. Trowch yr holl gynhwysion mewn prosesydd bwyd am ryw 20 eiliad ac yna arllwys y ddiod i wydr tal.

Gallwch hefyd wneud diod bricyll gan ddefnyddio bricyll o dun.

Coeden Lol

Offer:
powlen fach sy'n dal gwres
sosban fach
ffyn coctel
ffoil
cyllell finiog
plât
lliain sychu llestri
llwy (os oes ei hangen)

Cynhwysion:
100g (4 owns) siocled
grawnwin (heb hadau os yn bosib)
1 oren (neu daten)
dŵr

Dull

1. I wneud boncyff y goeden torrwch ddarn bach oddi ar waelod yr oren er mwyn rhoi gwaelod gwastad iddo. Gorchuddiwch yr oren â ffoil. Gallwch ddefnyddio taten yn lle oren.
2. Rhowch un o'r grawnwin ar bob un o'r ffyn coctel i edrych yn debyg i lolipops! Rhowch nhw ar blât tra bydd y siocled yn toddi.
3. Torrwch y siocled yn ddarnau mân a'u rhoi mewn powlen sy'n dal gwres.
4. Rhowch ddŵr yn y sosban a gosod y bowlen ar ei phen. Rhowch y sosban ar wres isel; gofalwch na fydd y dŵr yn dechrau berwi.

oops Siocled

5. Yn raddol bydd y siocled yn toddi; does dim angen ei droi, ond cadwch lygad barcud arno.
6. Wedi i'r siocled doddi, codwch y bowlen yn ofalus (bydd yn boeth) a'i gosod ar liain sychu llestri.
7. Gafaelwch yng nghoesau'r lolipops a throchi'r grawnwin yn y siocled. Defnyddiwch lwy i'ch helpu os mynnwch.
8. Wedi i chi orchuddio'r grawnwin â siocled, plannwch y lolipops yn y boncyff arian. Bydd y siocled yn caledu wrth iddo oeri.

Cymylau

Mae'n amhosib cynnal Parti Cwmwl heb gymylau!

Offer:
powlen fawr
chwisg
papur gwrthsaim
tun pobi fflat
popty

**Cynhwysion
(i wneud 10 cwmwl):**
3 gwynnwy
150g (6 owns) siwgwr mân

Amser paratoi: 15 munud
Amser coginio: 1½ awr
Gwres popty: 150°C/300°F/Nwy 2/Gwaelod Aga

Dull

1. Rhowch y 3 gwynnwy yn y bowlen. Gofalwch fod y bowlen yn lân ac yn sych ac nad oes arlliw o felynwy yn y gwynnwy.
2. Gan ddefnyddio chwisg llaw neu chwisg trydan, chwipiwch y gwynnwy nes ei fod yn drwchus ac yn ffurfio pegynau. Ychwanegwch y siwgwr fesul llwyaid a'i chwipio eilwaith.

3. Gosodwch y papur gwrthsaim ar y tun pobi fflat. Yn ofalus rhowch lond llwy o'r cymysgedd ar y papur i ffurfio cwmwl. Gwnewch hyn 10 gwaith i gyd. Cofiwch adael lle rhwng y cymylau!

4. Rhowch y cymylau yn y popty am tua awr a hanner. Yna diffoddwch y popty. Gadewch y cymylau yn y popty nes eu bod yn hollol oer. Gall hyn gymryd tipyn o amser ac amynedd – gwell paratoi'r rhain y diwrnod cyn y parti!

5. Ar ôl i chi dynnu'r cymylau o'r popty tynnwch y papur gwrthsaim yn ofalus oddi tanynt.

Gallwch lynu dau gwmwl at ei gilydd hefo hufen wedi ei chwipio!

Bara Menig

Dyma fydd y Dewin Dwl yn ei wneud pan fydd ei ddwylo yn oer ...

Offer:
cyllell

Cynhwysion:
tafell o fara
menyn

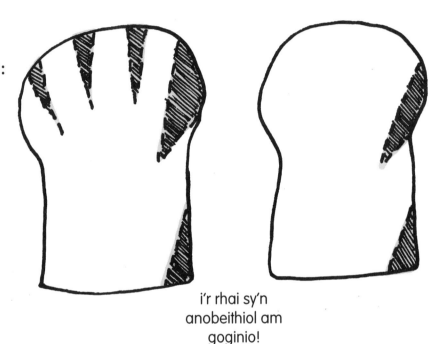

i'r rhai sy'n
anobeithiol am
goginio!

Dull
1. Cymerwch dafell o fara a thorri siâp llaw neu faneg arni.
2. Taenwch fenyn arni.
3. Os carech roi 'ewinedd' ar y llaw, rhowch smotyn o sôs coch neu jam ar bob bys!